歌集

# 白い田

高橋みずほ

六花書林

# 白い田 ＊ 目次

I



II

## Ⅲ

## IV

装幀　真田幸治

# 白い田

すずなすずしろしろきにねむれ父ゆきてしろきにねむれ

# I

とおくの刻

息を吸い血のめぐりを追いかけて気づくまでの父のしずけさ

しずけさにそっと耳する真昼間の右へかたむく父の寝息

稲の花咲き出す穂群れ青いろの風を吸いこみふくらむきせつ

老いというとおくの刻を食むように指先にそっと包む箸のある

食みながら咳き込んでゆくゆるゆると黄色い卵焼き色重ね

ふかきときがめぐりてゆくような父の目覚めに黄のいろ金柑

金柑を五個つけたまま地植えする父がほころぶ庭のかたすみ

ひと粒を掬い上げる形してゆるゆるしぼむ鶏の足

うちへはげしく生きた男のとざす眼がそっと開いたまどろみに

ときにつながるまでに吹く風が雪柳の房をゆらして過ぎつ

手のひらに強い怒りをためて待つときにかなしき思いがあるも

ひとがみな老いをかかえたしずけさのながきときに気づくまで

父がゆるきときへゆくことをさえぎっている子のようなる

むくむあしの甲をなでながらゆびをやわらげながらつながっている

そばにいて母話しかけ笑いかけいつからか老いをみつめていたる

あわきゆめみるようなときのまにふと父が父の顔をする

問えばゆるきめぐりをかたりつつ父そこにあることのうれしさ

飛行機の雲ゆるゆるとめぐりだすような風もつ老いというもの

ひとりずつ飛行機雲に乗るようにゆるきときにしずかに吹かれ

## 涙の飛ぶ話

そっくりかえった甥がいて涙がとんだ左右に飛んだ

涙粒ちいさき目からとんでゆく悔しきことも身の丈ほどの

おもむろに父の声して話し出す野生の稲を探す旅

フィリピンの山岳地帯にでるとうゲリラたち日本をにくみ

ひと、はかなきときを抱えて地球のゆるき廻りに出会う

樹々の間に畳まれてゆく人間のかなしき音の擦れ合いぬ

ゲリラが父に聞かせる戦争の命の軽さをつく槍があり

ほっかりと空いた村で兵士らが赤子投げてやりで突く

なきじゃくり日本の兵士はやらぬとちちなきじゃくり

げりらおどろきなぐさめる父の眼鏡になみだの飛沫痕

父の眼鏡につく涙ゲリラやさしき肩をいだきぬ

しらぬまま戦時の世へと誘われ幼き少年日の丸を振り

ゲリラとわかれて山からおりてきた父の戦後は飛沫の湿り

稲の穂に育ってゆく透く実り信じることのはかなき重み

信じるは透明ガラスのくだけたるほそき破片が光るよ

父の涙の飛ぶ話公園の噴水飛沫夕日に飛びぬ

# 重　さ

純粋と思うことの重さかなふとすぎる風の冷たく

うつることと鏡の緑となることも過ぎれば風の形さえなく

そよ風のまわりてゆれる綿の毛に重りのようなひと粒の種

水色のパンジー買えば雨滴色染めていたりてしずか

透明のガラス光をうけとめるように光をはじいており

草木の下の雨の日に透明な滴の落ちて匂うかな

〈表現〉

遺伝という不可思議なものおいかける父の背はしずかにあつき

こだわりは常識のなかに隠れたる己という核なる変異

負といわれのけものにされ見捨てらるるものにみなぎる力を信ず

見えぬもの読み取ってゆく韻文のことばのような植物生理

穂がなびきましろき花が陽をあびてとうめいなるふときゆたかさ

透くような米粒ほどの実りはじけ信じる道のふかくとおく

竹箒沈黙の手にゆききするいつしか藍のなかの佇み

稲穂のび等間隔になれぬ節突然変異で終わらせられて

遺伝という言葉で終わりぬ終わらせぬ父のこだわる反骨のある

稲の穂の節々ゆれる風に会うひらく未来の遺伝の話

光　風　温度の組合せ等間隔の節々をつくるまで

真っ白きアメリカの大冷蔵庫ひらけば緑葉風吹く形

みつけだすまでのながきながき沈黙孤独というふかき沼

つきつめてゆくさきに遺伝のゆれるあわき境に出会いき

まっすぐに想いをつなぐ血すじかな未来の光へ飛び込んでみる

生まれ出るとうときことなれば突然の変異とうあわき輝き

父のうちの遺伝子子に出れば反骨もまた味わいなりき

みずからを信じる力未来の扉をかさとひらくも

纏う色〈表現〉すると植物の神秘なことばにすこし寄り添う

父のふかくむかう日々におわりなく風つたう樹々森に響くも

純粋に追い求めたる純粋に生きるひとほどなにかかなしき

# Ⅱ

## 種の紋章

雀の子飛び跳ねてゆく膨らみの枝影しょって春の羽

飛び跳ねてとびはねて雀の目景色は左右にながくのび

跳ねながらあつまってゆく雀の背けやきの根もとつつく春

まだら模様を畳み込む雀の背荷いっつはねてゆく

雀の子鳴くいきおいでとびはねる春よぶ音の膨らみ止まる

嘴から跳ねてゆけり雀の子みえない尖りをたずさえて

ちゅんちゅんと寄る雀の背あわき濃き茶の色の継ぐ種の紋章

鴉きてよけて跳ねて雀の背ちいさくはねて水溜まり

陽だまりはいきものたちがあつまって傾げるほどに耳澄ます

## 昔の夢

一斉に鳴きつぐものたちよ夏はまぼろしとなるあつきかげろう

みんみんと蟬のあける朝に思い出を呼び起こされていたり

夏の朝ずれながら蟬鳴き出してゆくもう夏休みとおき日の

朝のはじまりに葉のたれている朝顔の斑入りのとんぼ葉

物陰で毛虫が小石越えてゆく黒土あわき毛の波うごく

集団で飛んでくる鳥の下種ひろいあつめる子どもたち

ポプラ並木の葉の風をうけながら胃に流す冷や茶漬け

朝けだるく明けて夏の休みのはじまりにいてけだるくおわる

雨音にとおく昔の夢をみる父に寄り添う時のある

竹箒風ふくむ音のして秋父のしずかなときはめぐりて

しずかに思う　話すことやめてみれば話さずくれぬ

物言わず過ぎし日も七日すぎ内に話しておわりぬ

薔薇の実が三つ色づく耳もとで内緒の話をそっとする

根の出て芽は伸び立ちぬ生きて出会えぬ支えて生きぬ

黒松と藤に凪のくるまでをつながっているひとすじの糸

桃色ピンクのはなのいろくものましろにひく蜘蛛の糸

## 青い人間

ピンクの靴はいた青い人間がいた細道に菜の花が咲く

小石をまるくおきながら赤い実ひとつふたつみつ春待ちながら

囲む小石のなかに枯れ葉をいれて子が消えた真昼間のひかり

傾きながらかたむきながらまわる遊具にゆだねている人間

豚のいる村があってハムになるめぐりしずかに夕焼けてゆく

水澄ましかきつつ水にしずみゆく流れのはやき水車かな

霜柱春の音する靴底にほぐれて甘き梅の花びら

ほつほつと雪の小玉をおいてゆくおさな遊びも夕暮れてゆき

生まれてみれば

なき声をあげてみれば人の子であるような目蓋が開かぬ

地震《ない》がきてメダカの卵が集まりぬ二つ目玉を円みに入れて

透明なメダカの子だとわかるまで頭突きの水の波紋のなかに

生まれてみれば目の二つ黒くあり水中うごくメダカに生まれ

透明な澄んだ心をいだきつつとうめいに消えいるこころ

うまれてもまるき玉の黄にいたり真中という揺るる生

つつきつつ割ることから生きはじむ攻撃も生としりて　卵

落とされて生なるかたちに動き出すギャロップギャロップまず逃げてゆけ

透明な純な心をもちつづけとうめいに消されそうなる

おたまじゃくしが尾をふりだして透明な膜振り払う

藻が花をつけてメダカがすりぬける生なる玉の不透明

小石に頭を入れて過ぎるやご透明な水重たくないか

めだかの子たやすくはない水槽の四面の角に身をふくらませ

鳴き声をあげてみれば猫の子であり人の匂いに目が開けぬ

## こどものねむり

おいおいと絵巻の人が手招きすにぎやかな通りの端で

やっと文字覚えたくらいの澄んだ眼に絵言葉は無情をつたう

燕が王子の目玉を銜えおり記憶ふかくのたたずみに

幸福な王子が立ちたる地上にまずしきことを知る鳥がいて

やさしさを与え続けて銅像の鉛の心臓ふたつに割れた

透きとおるとうとき王子の像のした泪ににじむ骸の燕

やさしさが踏みにじられるひとのよと繰り返すおとぎの話

人の世に救えぬものばかりなり神も天使も透明なりき

はかなさ人のものがたりちいさなうちからきかせてる耳元で

轢かれたる小鳥がゆきぬまわるタイヤのなかにきえたり

天国へゆけば神がまもってくれる生まれ出て子らの知る

十字架のキリスト生き返るいぶかしき生を知るおさなき日

合点のいかぬものがたりうまれたてのやわき心に燻りつづく

空想の世界のなかに入りて現実見入るように揺れ

伝えるものの真実も読み取るようなこどものねむり

子守唄やさしきおとのつらなりにねむる赤子らふたつ耳たぶ

## 埴輪の目

埴輪とういにしえびとのすきとおるおもいののびて目のかたち
いつまでもふりかえりつつおさなさに埴輪の目のますぐに見つむ

澄んだ空とけてゆくかな白雲をおいかけながら遠雲雀

とっぽりと声のようなる埴輪の目おさな子にあいた穴のふたつあり

埴輪の目むかいに腰をかける子のみつめるさきの大人の会話

ここは誰こんもりとある丘陵の緑のなかに古墳のねむり

樹々の葉ゆれの古墳かな透きとおる守り人の目のねがい

垂直にのぼる雲雀の羽ひらき陽に透けて輝き落ちぬ

おかっぱのおさなごのいて夢のなかしまわれてゆく埴輪の目

手のひらの風

春がくるようなぬくもり春がきたような土の香かな

青色にまわる雲のある空をまわしてゆけり車椅子

少年は摑めぬくもをまわしつつ手のひらの風をおくるも

車椅子まわれまわれ青空の雲をとかして空の果てまで

空の果て虹のふもとへ弟といってくるといってた少女

摑めぬくもを追いかけて水溜まりため息ひとつ少女の香

車椅子まわれまわせまっすぐに青いタイヤの色とけるまで

土の香にとける春日をまつようにクロッカスの　黄　色づけり

まるくまつ

ねむりつつまるくまつ春虫たちの土をつたわるあたたかさ

軒つたいながれる雨水に金の輪の幾重つらなるまるき空間

屋根を打つ音のしばらく雨の粒に消えゆくおもいでのある

ひからびたみみずのような枝あらわれて黒き土空気のやわさ

房ぶさのゆれてゆれ合う水の面に　風　はなびらのゆく

高架路の灯のぼる月いざよいのおさまりがたきかたちなる

群れ咲くものひとひらひとひら去り道辺にまた群れて

幼虫がまるく出てきて黒土にしずけさという眠りのつつむ

雨樋に打つ音ありて時のたまりに音たててあふれ落つ

軒つたいながれる雨粒つらなる金の輪にうごきをしずむ

ねむりつつはるまつ虫の土の香のしみいるまでのまるき睡眠

なんともならぬ

うつくしき玉と思うまどいつつおちる面にてゆくさきざきへ雨の玉

飛蝗秋の陽ざしに揺れながら足曲げているみどり葉細葉

手の平をあげていたり人たちは手首の脈をあらわに向けて

ちからを求めるうつし世に人骨となる小魚を食む

なぜかふと目が覚める小さき灯にのびて人影

この影も天井にて動く光あたれば人の大きく

天井に影のびていて見守っているようなり　淡さ

父の子で祖父の血をひく身のありてなんともならぬ

夏来ればひと節のびる猫じゃらし花穂をついとおしあげて

忘れられているようなり蕊おしべ葉ののびだしてゆく桜枝

抜きん出る陽へむかう生ものうたううた擦れてこぼれる噴水の

夕日浴びうさぎ飛び出す薄月にひと逝ったことおもえず　一人

しとしと　雨　しとしと　雨　ひとつ雷ありてひと日のおわり

# Ⅲ

動かぬものを

はらはらとさめてゆけるこころかな関係を断ちて人みな死せり

道路の交差してゆく町並みをつくり出しつつ淡白に人ら

ほころびを繕いながらとおくなる人のことなど考えている

やさしさもくだかれたるようにありねっとりとからまってくる接着剤

にくしみがふつふつとあることをつかれてしぼむ紙の風船

足元の影にひかれて歩きだす人間たちの地上の行進

闘うも同じ高さにふる腕も美しき行進をす

力のなかにいつか入ること手招きしてる人たちがいる

ずらしずらしてのびる蔓に葉の照りありてゆくさきに惑うも

細き針降る雨の日にしずかにわらう人間がいる

もつ軸を失くしていたる人間にささやかに雨つたいておちる

穏やかなしずけさにひそとうち守る人の息づき重くある
うごくこころに動かぬものをさがしゆく血をめぐりつつ

## いわしの誇り

真いわしの鱗をそいでいる夕べ　誇りひと片光におちて
青緑輝きにいてもとめたりところどころの鱗に光

包丁の煌めきにはりついてなかなかとれぬ鱗のひとつ

朝からあめふりて雨音のしてひと片のこるいわしの鱗

ひと片の鱗の光ひと片の鱗の形さびしくあるか

なきながら涙おとして走る子のような鱗の光のしずく

真いわしに包丁あてるうろこうろこに光はやさし

死というもまな板にあり握ってる鱗ひと片とれずにのこし

しずけさに横たわりて真いわしのそがれて鱗いわしの誇り

魚たべて命ながらえまたたべていつか死んでしまう人間

鱗雲やって来るひろがりにほのぼの染みて夕焼けのそら

夕焼けにつかまりつつ逃げゆくは薄紅色の飛行機雲

染みわたる今日のおわりのひかりに鱗ひと片輝く形

幾重にまどう

うそをいう人のほうが偉くなるようにみえる万華鏡

幾何学の模様はどこか逃げながら違う模様のかおをする

薔薇蔭にひとの思いをなげすててとおく花粉を運ぶ蜂

眼の底にふかき漂いもちながら道の辺に沿う身をさらす

木漏れ日をちらされて蚰蜒《げじげじ》の足つたえつらなる足運び

今年も葛の蔓さがりきて土にふれてしずかに横たうまで

桜の蕊おちておちて臙脂《えんじ》の線の湧き踊る土の上

菜の花の種まきちらしゆく男黄の畑《はた》の四角い夢みるような

花びらに足の花粉をこぼしつつとおく蜜を運ぶ蜂

薔薇香る季に消え入るおもいかな花びら幾重にまどう蟻

横殴りのまま

太陽が西にかたむき出すときの雲ひがしにしろきおうとつ

ヘリコプター二機やってくる船の平たきところに降りてゆく

途中から戦争しろといわれて飛び立つ鳥のようにかえらぬ

ぼくたちはかくごはあったといいつつ傾ぐ心を立たせていたり

力がうそつきはじめれば人間もうそに気づかぬふりをする

プライドをなくした人がふえてゆく今とうさびしき時代

雨粒がガラス窓につきて朝　点　点　と厚雲のひかり玉

プロペラがまわりつつ近づきて鳥飛びたちてしまいたり

なにかかしぐままにときがすぐ雨よこなぐりのまま窓に流れて

内の見えぬ

澄んでいる音を探して指をうつふっくらとして音をきき分け

陽の丘にふくらんでゆく縦縞のみずみずとうちに抱きぬ

犇めく種がありて擦れ合い育つなかにて死ぬ種もありき

見えぬうちにある病みえぬままに遠きものなり身のうちにある

ひと粒をつまんで子供口にする信じるものを舌にてさぐる

潜水艦の浮いている港にひろがる日常がしずかにすぎつ

仏壇をまもりつつ身をまもるしずかに時を育みめぐる

うそもまた盆の提灯回すよなほのかぬくもりにもありき

## 語らずに

ありがたき菩薩といえども組み立ての枘より生まれるかたちして
生きているものらの音を引き受けて撞木を放つ寺の鐘

絶滅をまたれていたる種かとふと気がついて眠りにつける

ものたちが息たえてゆく日々に晩夏の風はさびしき

くだかれてゆくものたちがいたことに蟬声のしぐれてゆけり

さやさやと竹のなびきのその下へ竹の葉おちて深き土

ひとつ玉かかえておとす手のひらにするりと抜ける風のある

なにかこわしてゆく人たちが信じるかぎりをうたううた

語らずに口を結んでゆく人に人の世はせつなきかな

言わず言えず人のゆく三月の雪どけ間近

しずかに去ってゆくものへ生きものたちの細き遠吠え

# 目の玉

おもいのふととぎれるときのくることひとのことばのずらすなかにて

もう咲くことのないきんせん花しずかに消えるおもいのようなる

純粋におもうこころもゆきさきのめぐりかわればいらなくなりぬ

チンドン屋くらりねっとをふき鳴らす叩けば鐘のキン色音色

クラリネットくらりねっと穴から空気逃げ出して追いかけて音

吐く息のゆきさきわからずおしだされくらりねっと

所在なきひとのあしもとみるような寄るべない目の玉のような

くらりねっとたたかれた鐘の音めぐりまどうかな商店街に

金色の鐘をたたいてチンドン屋はなやかな音にひらくチンドン屋

人惹きつけることの可笑しみはやさしきひとの悲鳴のようなる

かなしさもやさしきうちに出会いたるそっと捨てればなにも残らぬ

情というもののおもたくひびくよに人をおもうをやめにした

## 耳の穴

二歳ほどの母に抱かれて人差しの指でめくれる液晶画面

ついと画面の動くことなどたやすき力指差しにみる

一枚また一枚と緑葉の隠しはじめる丘みどり

幼き日指先のばすその先に白き冷たさと知りて　雪

あばいてはいけないもののあるような気がしてゆく緑葉みどり

間村俊一氏　三首

指先に繰返し引かれる線からふいに動き出してくるものたちが

ガラパゴスとう版下世界に足跡を残す線の息づきにふれ

吹く風に線をたたせてゆくような淡きふくらみのある空間

まどいもあっけらかんと消し去ってしまうパソコン画面
昨日の記憶のようににげさって底なしのうすき画面に消え
なやみつつつくる言葉をふっつり呑み込んでゆくむげんに空間

綿棒の綿のめぐりや耳の穴近くてとおい耳の底まで

顳顬をやさしく回すこめかみをついと押せば角出るような

人の血がとおくで脈をうつように毛細血管足裏の

なにかつと出でたるもののごとく開けぬままに終わりし　躑躅

けやきの葉若葉のびゆく丘に立つさわさわ追いてゆく耳の穴

# 首振り鴉

嘴が顔の真中にあることのうるさいような首振り鴉

つくづくと同じ高さに見る鴉のっぺりと人のいる不思議

同じ時代を生きている嘴太のがっちりとした鴉を見つけ

ときにせつないという職人のいて器用にうごく指先をもち

研ぐ人の同じ間をもつ速度にて包丁の刃のするどく濡れて

皺が生きた後を追うようにこきざみにゆれる顔が過ぐ

わらってもかすか涙にきえてゆく真面目に生きてかなしくなりぬ

黒鴉銜えて立てり魚の背の骨うつくしき傾りかな

温む水おたまじゃくしが集まってきて尾をゆらす泥の水

ながき穴からすいよせた赤りんご赤いボールのように食べ

秋の蚊が死んでしまいぬ人間の血をすこしのこして死んだ

拒絶というには不確かで眉間にしわの寄り引きて　凪

みたされてやさしきふるまいする人が乱れて人を遠ざけてゆく

真剣にいきるをやめたひとたちにオタマジャクシの尾っぽがさわぐ

## 鳴かぬ牛

鳴かぬ牛鳴けぬ牛がいるような牛舎の下を列車が過ぎぬ

電柱の真上押えて鳶の立つ羽ばたきも翼の内にて押えぬ

少年の歩く足うらからつながって影のびてくる影にふれ

畑から畑へバスの道掘り残しのサツマイモひげ伸びてゆく

あざみの色こくて野に埋もれるまでを見届ける棘の葉ひろげ

少年の背のあとを追い伸びている影は人型ますぐにありき

野あざみのすぎゆく陽ざしに立ちながら赤き紫とがらせたまま

ときおり少年の振り返りつつ丸まる影の頭なく

ふいに稲妻苺畑のとおき空あかくならんでいる苺

突然の雨に　雷　黒揚羽軒を越え屋根に向かうも

まほろばに竹の林がゆれゆれてバス停に夕陽が落ちる

西のそら笛ふくような冬連山さびしく風のすれる音

少年はちいさくうたうかすれたこえに音かさねつつ

太陽が沈む屋根に瓦波ひと日のくれて平野のねむり

## 啄木鳥の子

すずかけの樹のしたの木のベンチ木陰にすわる啄木鳥がくる

きつつきの子がきてつつく梢にやわき音する木漏れ日の

つややかなむかご葉の照りつながりぬ膨らんでゆく実のならぶ

さみどりのなかの光を食べる虫ふとってゆきぬ曲げつつすすむ

蜜蜂が花粉をつけてうごきつつ百合のくすんでしまう白さかな

だんだんと覚めてゆける心かなふときがつけば影ふんでいる花の茎

うつくしきものたちのうた青空のとけてゆく夕暮れの水面

水面の光かがやきつたう水面のかげにはじきてゆれる

ひょうたんの丸きくびれに風すべり輝き出せり夕影

やさしさをほころびぬう形してきつつきの子が細枝をうつ

## ある一瞬

ふとふいになんともならなくなりてしずくのかずをかぞえておれば

認めたくなきことありて人の息づきもありなにかせつなき

さびしきをもれぬように栓をする耳の奥に運ぶ音にて

父といて父をみている母がいてゆるゆる箸のゆく先を追い

老いというかなしさは刻からの淡き離れに触れたとき

一粒の綿毛のまわる風のなかひらく双葉の未来の話

むかしむかしの駅前にたしかにひとの影がのびて朝の時

ある一瞬写真のなかにおさめられわすれるようなはやさにきえる

秒きざむ音さえなにかせつなき命をつなぎて人のいなくて

宙のもの

山奥の樹々の間に湧く湯のなかに父の背のずしりと重き

満月にすこしかけたる白月が朝顔蔓の輪に入りつ

数センチ網目を動き月くきやかに色づきて宙のものとなり

陽をとおく浴びて月の輪郭が朝顔種を包んでいたる

丸き球くろき種が膨らんで月夜のやみにはじけて飛んだ

# Ⅳ

実の赤さ

遠き夏父たおれたという知らせセピアいろの蟬がいたこと

おいてゆかれるような淋しさありて父のつぶやきがふと聞こえ

どう生きてゆけばいいかわからなくなったとぽつりと父のいう

早起きし父のお茶をいれる湯をわかして湯気の立つなかに

信じるものをみつづけてきよきもの不透明になるときのある

うすぐらいなかの光をそっと見るひかりの形を追ってみた

蘭花芽三つほどのびている朝に父への言葉考えている

なにかすこしずつ変わってゆくようなほんのりと梅の香のする

福寿草芽が出ていたのが一本でそのまま一輪咲き終わる

そっと手のひらをあわせて祈るたび空気をすこしとじこめて

かなしみはたぶんわかれることでなくぽつんとのこる実の赤さ

しずくのつなぐ

雪つもり雪降り続く雪道に父に会いにゆく足の跡

温かい父の手に触れ冬の日は小さな希望あたためてゆく

ふりつづくふりつづく雪の音もなくつづく雪をみている

赤い棒上下に振って合図する雪の日は白い車のあわくみえ

掻けばかくほどに雪おりてきて巻きながら雪おりてきて

雪を掻き雪積む道にひと一人歩く道をつくり出す

雪の道のゆきかたく子を抱きかかえしずかな影のついてゆく

粉雪の舞う日なり父とふたりそっとうたうそっとふれ

じっと画面に走る人たちの生つかまえて放さぬ父の眸は

点滴の圧しずくのつなぐひと生かされて生きようとする

滴おちて点滴の面ひびけり響きて流れ赤く脈打つ

点滴のしずくの音をとじ込めて樋の氷柱ののびて光るかな

こんな淋しいときに樹の枝の風巻くようにゆれ

白い田に父の寝息が届くよに息をひそめているなり

## 種をはこぶ

夏のこうもりしずかに垂れて洞のしずくの落ちる音

休息も逆さに見詰む世界かな洞つかみ羽たたむ蝙蝠

おとなしきミゾゴイのいて枯れ葉ふむ怪我した足にやさしき音す

吹く風にタンポポ綿毛飛んでゆくのこされた芯のようだな

死んでゆく先知らず焼かれゆく胸の鼓動の血の音す

ふっつりとおれるように逝くとう漢字知ってしずかに書いてみる

いまここにやさしくありて消えてゆくたんぽぽ綿毛かぜのはこびぬ

しずかにうたをうたおう木の葉の下でなにかが変わってしまうから

まっすぐに孤独であるを生きてきて逝ってしまいぬ

父がいってしまった空へゆめの種をはこぶ風

木漏れ日をのせ

人の生き切ったこと曇りガラスの凹凸に陽をはじきつづけて

くる光のぼりくる地球の縁を明けるというあわき影かな

さわさわと明けの光の色どりの欅若葉のさわさわと

けやき葉のみどり葉のゆれやまぬうしなったもののおおきく

ひと去ればひとの気配ものこさずにビルの壁面透明ガラス

もういいかいもういいかい返事なく空のかぎりへ声かける鬼の子

しずけさは緑の丘の樹の先のほのか動きの淡さかな

ぐるぐると回るしかない遊具にのってしまいぬ空の円形

眼にて空まるく切られてゆくようなまわる遊具のときにしたがう

ヘリコプターを追う鳥のいて十二月光のように消えてしまいぬ

父の椅子いなくなりてしばらく欅大樹の木漏れ日をのせ

風人型めぐり内めぐり出でてゆきたる風息つくる風

骨格も気性もにたる子のこされてしみじみ指の骨などさすり

サフランの球根植える日にはとおくの空にほのかなる夕焼け

## 屋根雪

父ゆきて遠くなるかな雪の畑《はた》ねむりておきぬ清白の畝

ときたま大きな雪がおちてきて穴となりたり冬木立

白い田に二本の轍ゆるき曲がりの畦の道

白畑のつなぎにおりて葉もののみどりのちぢむ畝

冬木立のおおう山に根雪のしろく山の肌

杉林竹の林とつづきて竹節折れて雪の原

雪の原三つ四つ石のまるみてひかり街道はとおくある

枯れ枝が山を廻りてゆくところ根雪がとけてゆくところ

雪雪根雪道の辺に雪塊っている道の辺根雪

ほのか日の差してきて白い田に凹凸のある

屋根雪おちて今をふとおもう音なり

# あとがき

人が死を迎えるとき、全身を曝け出し、死という姿をもって、人として生きて来た姿と、永遠に消えることの重みを見せる。そして、生きる者へ、どう生きてゆくのかを問いかけてくる。敬虔とか、慈しみとか、そういった言葉が、しずかに湧いて来るのは、そうした姿を受け留めようとするときかもしれない。父がなくなって三年ほど過ぎた。父、そしてその父も、人がみなもって生まれてくる純粋さを、ずっと持ち続けていたように思う。その純粋さは、ときに重く、ときにはかなさをつれてくる。それでも手放さずにいたのは、そこに信じるものがあったからだと思う。ささやかな人間のうちに、ささやかに信じるものがあること、それはささやかだけれども在ることの力となる。

雨の上がった秋の日、透きとおる風の通りのよい町に降りた。都電のレールが陽を浴びながら、なだらかな坂から下りて来て、目の前をゆるやかに駅へと入る。そのレールを跨いで商店街へゆくと、昔ながらの店と新しい店とが坂に交わり八方に伸び、人を呼び、息づいている。その一本の坂の途中に、六花書林がある。繊細な透明感のある青年は、落ち着いた風貌の構えをもって迎えてくれた。この一冊を、彼に託そうと思う。言葉は器があってはじめて響き渡る、そのひびきに私がまた問われることになる。

髙橋みずほ

二〇一七年十一月十四日

ゆきののしずくのあなのひろがりぬ青菜のうすく見えだす春日

＊２０１２〜２０１７の作品。

# 白い田

2018年２月22日 初版発行

著 者――髙橋みずほ

発行者――宇田川寛之

発行所――六花書林
〒170-0005
東京都豊島区南大塚３－44－４ 開発社内
電 話 03-5949-6307
FAX 03-3983-7678

発売――開発社
〒170-0005
東京都豊島区南大塚３－44－４
電 話 03-3983-6052
FAX 03-3983-7678

印刷――相良整版印刷

製本――武蔵製本


定価はカバーに表示してあります
ISBN978-4-907891-58-9 C0092